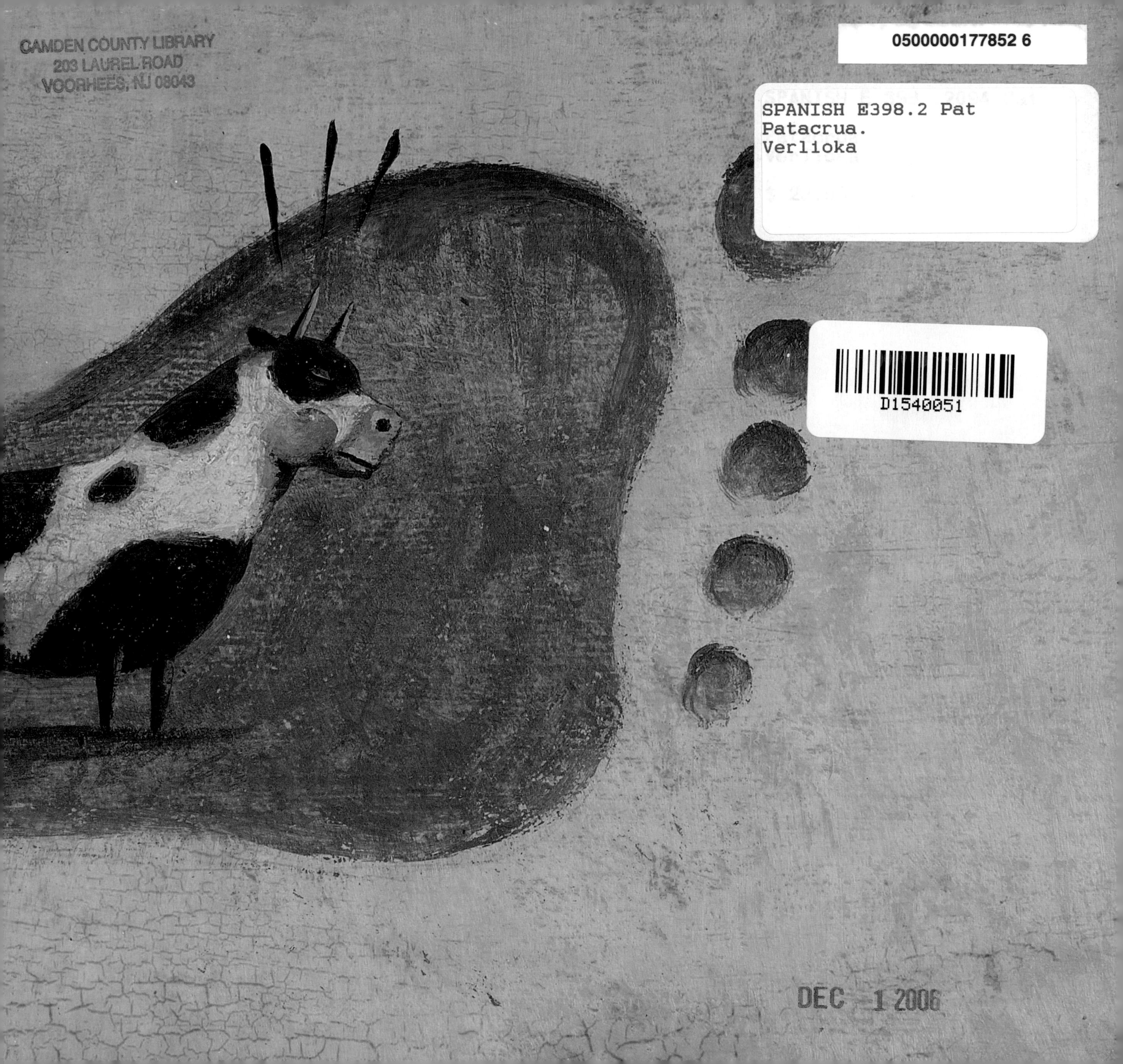

Título original en gallego: **Verlioka**

© del texto	Patacrúa 2005
© de las ilustraciones	Sergio Mora 2005
© de la traducción	Patacrúa 2005
© de esta edición	OQO editora 2005

Alemaña 72	36162 PONTEVEDRA
Tel. 986 109 270	Fax 986 109 356
OQO@OQO.es	www.OQO.es

| Diseño | Oqomania |

Primera edición	septiembre 2005
ISBN	84.934499.3.8
DL	PO.372.05

VERLIOKA

PATACRÚA & MAGICOMORA

OQO EDITORA

Era una vez un matrimonio de ancianos que tenía dos nietas.

Un día, el abuelo las llevó a la huerta
a buscar guisantes para la sopa.
Las hortalizas crecían espléndidas,
pero los gorriones no paraban de picotear
los guisantes más tiernos.

Al día siguiente,
el abuelo le dijo a la nieta mayor:

– **¡Ve a espantar los gorriones!**

La niña se sentó junto a las plantas,
agitando una rama seca:

– **¡Fuera gorriones,
no seáis glotones!**

De pronto oyó un retumbar de pasos en el bosque;
y apareció **Verlioka**, un gigante terrible,
con un solo ojo, nariz ganchuda y barba larguísima.

Se acercó a la niña
y se la llevó bajo el brazo.

Al ver que la nieta no volvía,
el abuelo mandó a la menor a buscarla;
pero **Verlioka** también se la llevó.

Como las niñas tardaban mucho,
la abuela fue a ver qué pasaba.

En cuanto llegó,
Verlioka se acercó gritando:

– ¡Qué buscas aquí, viejarrona?
¡Si tanto te gustan los guisantes,
voy a hacer contigo una tortilla!

Verlioka quiso aplastar a la anciana;
pero ella se le colgó de las barbas, le retorció los bigotes
y pataleó hasta que se cayó al suelo, rendida.

El abuelo esperó y esperó;
y al fin decidió
ir a la huerta.

Allí encontró a su mujer,
más muerta que viva.
Le roció el rostro con agua fría
y la reanimó.

Cuando supo lo que había pasado,
el abuelo se puso furioso.

Y con su bastón de hierro,
fue en busca del gigante.

Anda que te anda, llegó a un estanque
donde nadaba una **oca** sin cola,
que al verlo le dijo:
— **¿Adónde vas, abuelo?**
— **¡Voy a ajustar cuentas con Verlioka!**
— **Pues voy contigo.**

La **oca** salió del agua
y se echó a andar
detrás del abuelo con bastón de hierro,
en busca de **Verlioka**.

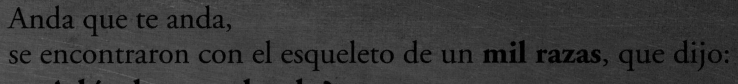

Anda que te anda,
se encontraron con el esqueleto de un **mil razas**, que dijo:
– **¿Adónde vas, abuelo?**
– **¡Voy a ajustar cuentas con Verlioka!**
– **Pues voy contigo.**

El esqueleto **mil razas** se armó en el acto
y se puso en marcha detrás de la **oca**;
y la oca detrás del abuelo con bastón de hierro,
en busca de **Verlioka**.

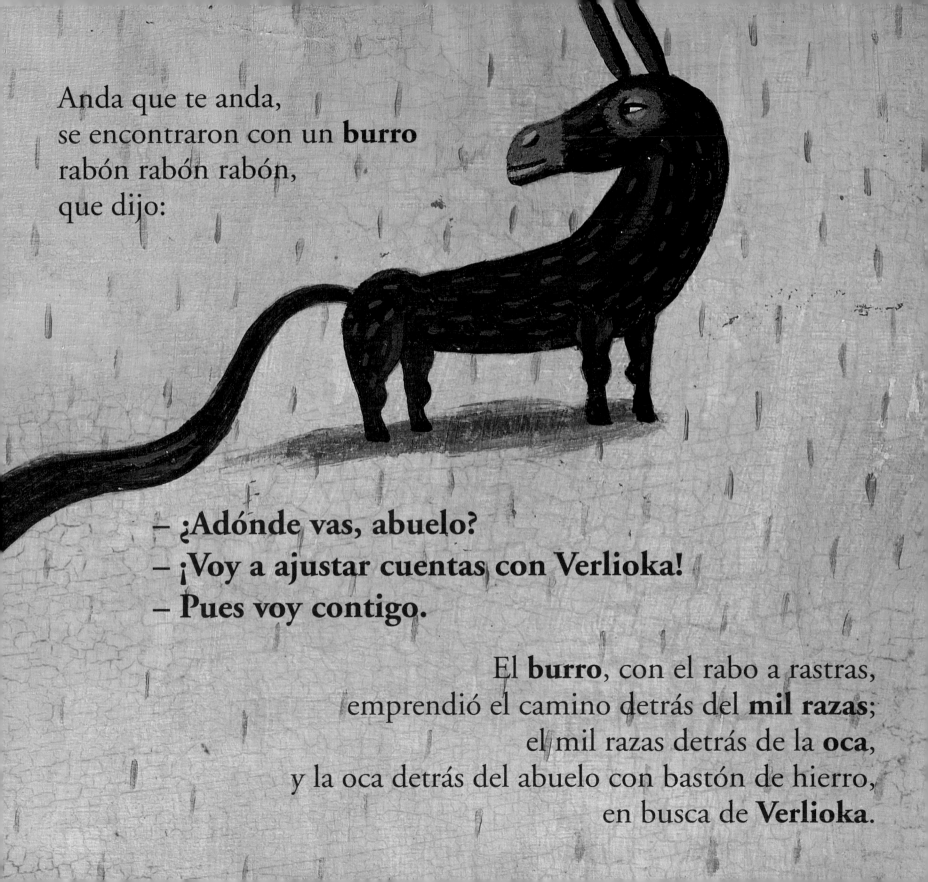

Anda que te anda,
se encontraron con un **burro**
rabón rabón rabón,
que dijo:

– ¿Adónde vas, abuelo?
– ¡Voy a ajustar cuentas con Verlioka!
– Pues voy contigo.

El **burro**, con el rabo a rastras,
emprendió el camino detrás del **mil razas**;
el mil razas detrás de la **oca**,
y la oca detrás del abuelo con bastón de hierro,
en busca de **Verlioka**.

Anda que te anda,
se encontraron una **cabra** con un cuerno sí y otro no, que dijo:
— **¿Adónde vas, abuelo?**
— **¡Voy a ajustar cuentas con Verlioka!**
— **Pues voy contigo.**

Y la **cabra**, muy animada, se echó a andar detrás del **burro**;
el burro detrás del **mil razas**,
el mil razas detrás de la **oca**,
y la oca detrás del abuelo con bastón de hierro,
en busca de **Verlioka**.

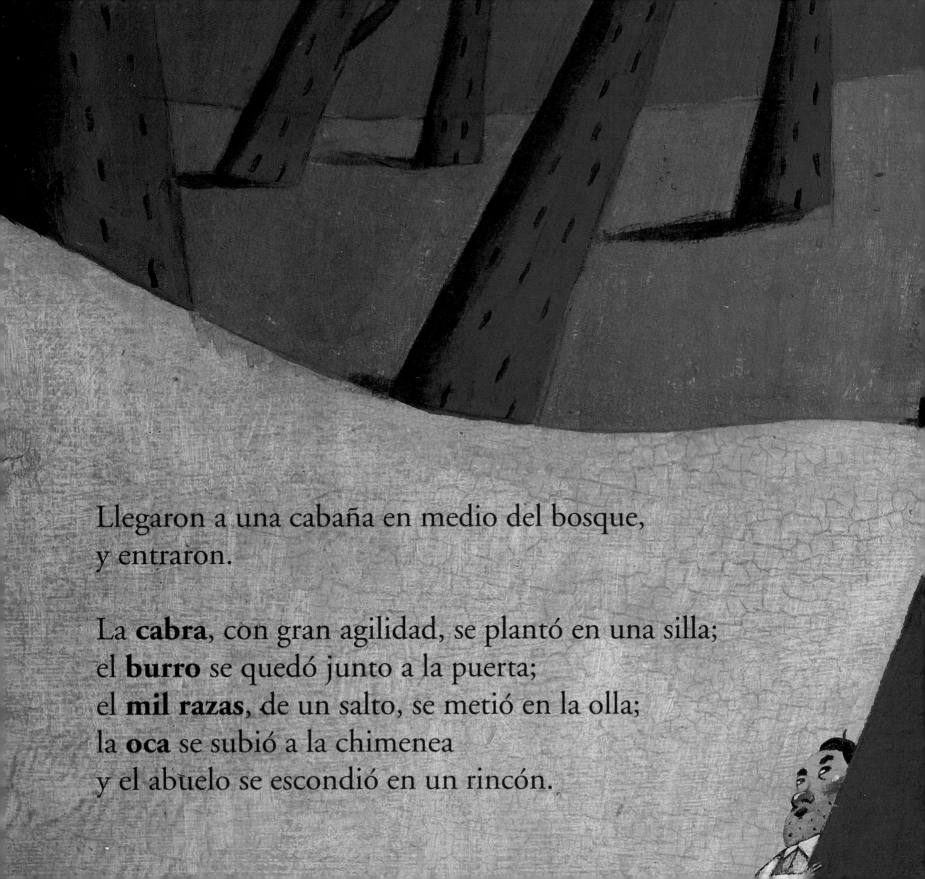

Llegaron a una cabaña en medio del bosque,
y entraron.

La **cabra**, con gran agilidad, se plantó en una silla;
el **burro** se quedó junto a la puerta;
el **mil razas**, de un salto, se metió en la olla;
la **oca** se subió a la chimenea
y el abuelo se escondió en un rincón.

De pronto se oyó retumbar la puerta.
Era **Verlioka**, que regresaba del bosque.

Sin sospechar nada,
dejó en el suelo una carga de leña
y se dispuso a encender el fuego.

Entonces la **oca** empezó a cantar:

*¡Gigante bandido,
pagarás tu merecido!*

Verlioka miró hacia arriba,
mostrando los dientes;
y la **oca**, ¡PLOF!, le cagó en la boca.

El gigante, furioso,
fue a lavarse con el agua de la olla.

Pero, al levantar la tapadera,
la dentadura del **mil razas** salió disparada y, ¡ÑACA!,
le trincó una oreja.

Verlioka lanzó un aullido de dolor
y corrió hacia la puerta,
con los dientes detrás dándole mordiscos.

Cuando intentaba escapar,
el **burro** le enredó el rabo entre las piernas;
y, ¡PATAPLOF!, lo hizo caer de narices.

PLOF!

Quiso levantarse;
pero ¡UN CUERNO!, la **cabra**, de un topetazo,
lo dejó descalabrado.

Entonces, el abuelo,
con su bastón de hierro,
salió del rincón,
le arreó un coscorrón
y le quitó la llave del calabozo
donde encerraba a las niñas.

Después, encerró a **Verlioka**
y lo dejó allí para siempre.

Desde aquel día,
vivieron felices comiendo guisantes,
sin preocuparse nunca más de los gigantes.

Y el **burro**,
el **mil razas,**
la **cabra**
y la **oca**
se rifaron los bigotes
y las barbas
de **Verlioka**.